AF387321

Die Literarischen Quadrate

Avocado, blauer Flausch, Jonglieren

Bibliografische Information der Deutschen Nationalbibliothek:
Die Deutsche Nationalbibliothek verzeichnet diese
Publikation in der Deutschen Nationalbibliografie;
detaillierte bibliografische Daten sind im Internet
über dnb.dnb.de abrufbar.

Verlag: BoD · Books on Demand GmbH, In de Tarpen 42,
22848 Norderstedt
Druck: Libri Plureos GmbH, Friedensallee 273, 22763 Hamburg

ISBN: 978-3-7693-2080-0

Echte Kunst ist eigensinnig.

Gabriele Münter

Inhalt

Vorwort

Die Literarischen Quadrate der Mannheimer Abendakademie blicken auf eine langjährige Tradition zurück. Als Textwerkstatt der „Räuber '77" in Mannheim gegründet, haben sie im Lauf der Zeit ihre Eigenständigkeit entwickelt. Mehrere Generationen von KursleiterInnen haben sie begleitet. 2018 wurde ein zweites Literarisches Quadrat in der Mannheimer Abendakademie gegründet, um einen alternativen Termin anbieten zu können.

Die Literarischen Quadrate sind ein Ort, an dem sich AutorInnen über ihre selbst verfassten Texte austauschen. Alle Textgattungen und Genres sind willkommen, unter anderem Romane, Erzählungen, Prosa und Lyrik. Die Texte haben teilweise experimentellen Charakter. Die Kurse bieten einen Raum des Ausprobierens und Erfahrung-Sammelns, was durch die Rückmeldung aus den verschiedenen persönlichen Perspektiven auf die Texte ermöglicht wird. Das macht sie so lebendig und bereichernd.

Die Diskussionen über die Texte erlauben ein breites Spektrum von Betrachtungsmöglichkeiten. Es kommt uns nicht nur auf Verbesserungspotential an. Im Austausch der verschiedenen Meinungen ist es möglich, Anregungen aufzunehmen, sie abzuwägen und dadurch die eigenen Texte weiterzuentwickeln. Sie ergänzen die eigenen Erfahrungen mit Texten und bereichern das Schreiberlebnis. Jede Perspektive ist eine Bereicherung und öffnet Horizonte. Die Treffen werden von Brigitte Iffland und Michael Ockert organisiert und moderiert.

Am Ende jeden Semesters finden Lesungen der Quadrate in der Abendakademie zu Themen statt, die von den Gruppen entwickelt wurden. In diesen können die AutorInnen ihre Texte der Öffentlichkeit vorstellen. Sie machen so von Anfang an Erfahrungen mit dem Lesen in einem öffentlichen Raum und können diese mit jeder neuen Lesung vertiefen.

Die Texte der nachfolgenden Textsammlung wurden für die Lesung am 21. März 2024, dem Welttag der Poesie, geschrieben. Sie fand im großen Saal der Mannheimer Abendakademie statt und wurde von T. Pauline Lepure musikalisch begleitet.

Wir danken der Mannheimer Abendakademie, dass sie die Kurse und Lesungen ermöglicht und unterstützt.

Michael Ockert und Brigitte Iffland
im November 2024

Rosvita Spodeck-Walter

Blaue Avocados

Blaue Avocados jonglieren mit Macht und Flausch für neue
Geschichten. Sie sehen und hören sich an wie ganz neu.

Sie waren wahrscheinlich alle schon mal da:
erfunden,
geträumt,
erzählt,
gesungen,
getanzt,
getrommelt,
aufgeschrieben und
am liebsten alle schon einmal erlebt.

Der Sturm

Er pfiff, heulte und sang
heute nacht im Schornstein
unseres Hauses.

Und mir träumte,
dass Meereswogen hoch in
die Bergwiesen schäumten.

Er biegt am Morgen noch die Bäume.
Schiebt die Wolken, reißt sie auf
bis zum Himmelsblau.

Treibt und jagt die Blätter
gleich einer Herde schneller Schafe
über die Böschung in den Bach.

Eine heftige Bö drückt mich zurück,
bläht den Mantel, zerrt am Tuch.
Mit aller Kraft schließ ich die Tür.

Da bläst der Sturm die alten Gedanken
aus meinem Kopf und füllt
mit seinem Sturmgesang ihn neu.

Früher Frühling

Leuchtendes Sonnenlicht schiebt das Morgengrau
himmelwärts.

Ein Schleier glitzender Knospen überzieht die
Sträucher.

Gelbgrüne Spitzen sprießen aus der Erde.

Viel Leben ist da unter dem Winterschutz.

Es ist wieder Frühling.

Er ist gekommen mit Kraft und Lust.

So verschönt er die Erde.

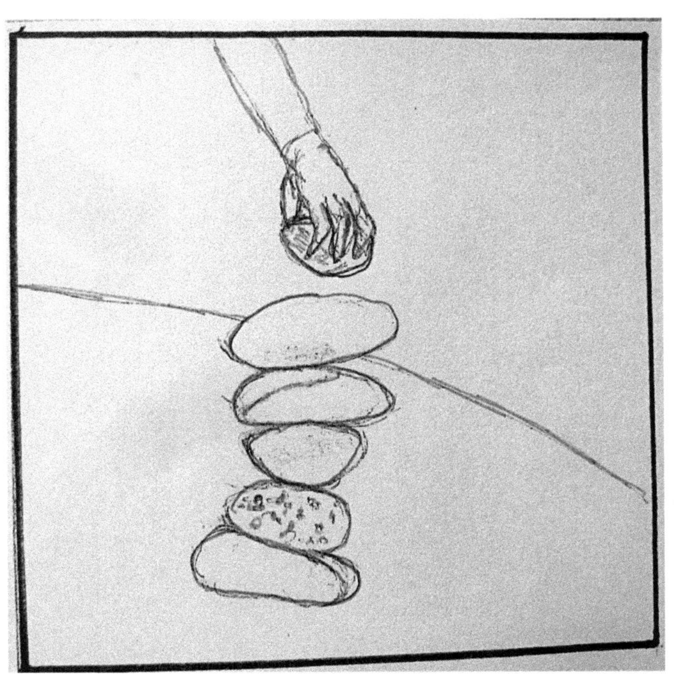

Valentina Brenner

Würfelzauber

„Wenn ich ehrlich bin, hätte ich sogar richtig Hunger. Was ist mit dir?" Meine Jacke lasse ich von der Schulter gleiten und hänge sie an die Garderobe. Schon seit der letzten Pause in diesem Workshop knurrt mir der Magen.
„Klingt verlockend." Ricky tritt in meine Ein-Zimmer-Wohnung.
„Allerdings fürchte ich, dass wir zaubern müssen." Um mich für seinen nächtlichen Begleitdienst zu bedanken, habe ich ihn spontan eingeladen, vordergründig. Hauptsächlich will ich herausfinden, was unsere Blickkontakte und stockenden Pausengespräche bedeuten.
„Wir könnten mit dem hier anfangen." Ricky nimmt den ausgeleierten Zauberwürfel von meinem Regal, von dem ich mittlerweile regelmäßig den Staub abwische.
„Er sieht benutzt aus – bist du gut?", fragt er.
Ich will ihn nicht entmutigen, daher zucke ich mit den Schultern. Mit einem Mal kehren die Erinnerungen zurück. Ich spüre wieder das abgerundete Plastik in der Hand, will dringend die vertrauten Drehungen ausführen, freue mich auf die Genugtuung, die Farben zu sortieren, den Klötzchen ihren Platz zuzuweisen.
Er streckt mir den Würfel entgegen. „Verdreh ihn mal für mich."

Fünfmal habe ich Ricky in dieser Fortbildungsreihe getroffen, wo wir Ideen zu Projekttagen am Gymnasium erarbeiten. Die Mischung aus mitteilsamem Augenrollen, trockenem Humor und seinen treffenden Gedanken zur Motivation von Schülern haben meine Neugier entfacht.

Nach geübten Drehungen gebe ich ihm den bunten Würfel zurück, den er wendet und konzentriert in der Hand wiegt. Seine krause Stirn mit zwei kleinen Kommas an den Brauen zieht meinen Blick an.

Er sieht auf: „Wusstest du, dass es einen Weltrekord gibt, in dem ein Junge drei Zauberwürfel löst, während er sie jongliert?"

„Du kannst mit einem anfangen", zwinkere ich und drücke ihm außerdem eine Kaki und eine Nektarine aus meiner Obstschale in die Hand.

Er grinst. Staunend beobachte ich, wie er die Früchte und den Würfel auf die Kreisbahn schickt.

„Das ist die Kaskade. Und so sieht sie rückwärts aus." Er ändert die Wurfrichtung, den Blick in den Raum zwischen den Gegenständen gerichtet. Er pausiert kurz, erweitert seine Zusammenstellung um eine Avocado und wirft ein anderes Muster.

„Vier Stücke ergeben eine Fontäne."

„Cool! Kannst du dabei auch Einradfahren?"

„Daran arbeite ich bis zum nächsten Workshop."

Unterdessen nehme ich den Topf aus dem Schrank, befülle ihn mit warmem Wasser.

„Aber dein Wunsch ist ein geordneter Würfel", sagt er. Dabei fängt er die vier Objekte nacheinander. Ich drehe den Herd an, gebe Salz in das Wasser. Hinter mir lässt mich das vertraute Rattern ahnen, dass er die kleinen Farbquadrate rasch auf die richtigen Seiten sortiert.

„Lass uns die Zeit stoppen, wer ihn schneller löst." Herausfordernd präsentiert er, wie erwartet, den fertigen Würfel in seiner Hand. „Aber sei gewarnt!"

„Wer zaubert derweil in der Küche?"

„Na, ich koche, während du eine halbe Stunde Zeit hast, ihn zu lösen."

Ich boxe ihn scherzhaft in den Oberarm. „Angeber!"

Raschelnd lasse ich Bandnudeln ins heiße Wasser gleiten. Er verdreht den Würfel für mich, reicht ihn mir, bevor er den Kopf in meinen Schrank steckt und die Vorräte durchsieht.

Jetzt gilt es. Von allen Seiten präge ich mir die Position der farbigen Ecken ein. „Pass auf, halte das Kochbuch über den Würfel, damit du mir glaubst. Ich werde ihn blind lösen."

Den Würfel in der Ausgangsstellung: Grüne Seite vorne, Weiß oben, rufe ich mir den Lösungsweg ins Gedächtnis. Er hält das Pasta-Buch zwischen mein Gesicht und meine Hände, dann schließe ich die Augen. Nacheinander arbeite ich die Algorithmen ab. So lange ist es her, aber die Erinnerung gelingt mir mühelos. Kurz vor Ende spüre ich eine Berührung am Mundwinkel und schrecke zurück, reiße die Augen auf.

„Spielverderb ...!", will ich mich beschweren. Da erkenne ich, dass er sich zu mir gebeugt hat, ganz nahe, und mich mit seinen Lippen zart berührt hat.

„Du bist süß", murmelt er an meinem Mund und es ist keine Ironie dabei. Ein Kribbeln läuft mir über das Gesicht und ich lege die Hand mit dem fast gelösten Würfel an seine Schulter:

„Aber ich bin noch nicht fertig."

„Ich auch nicht."

Einige Minuten später lösen wir uns erhitzt voneinander, füllen die Stille mit verlegenen Gesten, wissen nicht recht, wohin wir schauen sollen. Zunächst beende ich mit ein paar Zügen den Würfel, trotz zitternder Finger, während er den Kühlschrank öffnet.

„Hast du diesen Käse mit blauem Flausch?"

Ich sehe ihn irritiert an. „Wovon sprichst du?"

„Offenbar nicht, ich finde nur welchen mit weißem Flausch." Seine Hand erscheint mit einem Camembert. Ich schiebe mich sanft vor ihn und greife in das untere Fach des Kühlschranks: „Du suchst Gorgonzola."

Er legt sein Kinn leicht auf meine Schulter und es kitzelt an meinem Ohr, als er sagt:

„Aus dem kann man eine geile Soße zaubern."

Regine Beeg

Alltags-Jonglage

Stadt im Schnee

S. telefoniert, wenn er unterwegs ist von A nach B, auf schneebedeckten Straßen, in der fernen Stadt. „Lass uns bald telefonieren, mit Blinker," hat er geschrieben. Nun höre ich wieder das sanfte Geräusch: Dhog Dhog, Dhog Dhog. Zuhören und mitfahren. Meine Gedanken in den Zwischenräumen des gleichförmigen Geräusches, das der Blinker macht. Manchmal ist aus dem gedämpften Straßenverkehr eine Hupe oder eine Sirene zu hören. Bei S. in der großen Stadt scheint alles weniger laut, weniger anstrengend zu sein als bei mir mit meinem eigenen, lärmenden Motor. S. hält an und steigt aus, ich rede weiter, höre, wie er Kisten hervorholt, sie aus dem blechernen Kofferraum zieht und entlädt. „Warte," sagt er dann, „gleich hab' ich's." Momente unerbittlicher Nähe, so zart, dass sie zerspringen, wenn ich sie halte.

Winterwolke

Das Kind rennt und ruft „Auf die Plätze, fertig!" In der Wohnung gibt es genügend Platz. Ich bewege mich zwischen Küche und Kinderzimmer, das ist der Raum, in dem ich Strecke mache. Zwischen den hohen Fluren und hinter hohen Fenstern. Am Rand Trockengebiete, Liebesgewächse und flüchtige Gedanken. Der Motor springt an und beschreibt ein nächtliches Bild: „Blaue Wolken umgeben das geliebte Kind." Es ist ein meisterliches Bild in strahlend tiefem Blau! Liebe zwischen Küche und Kinderzimmer.

Winterhimmel

Ich liege auf dem Boden, mit ausgebreiteten Armen. Teppichflusen in Nahaufnahme. Es muss einige Zeit her sein, als ich das letzte Mal gesaugt habe. Flocken von Staub, und M. sitzt auf dem Sofa, die gestrickten Socken vor meinen Augen. Fäden lösen sich, Farben lösen sich und kräuseln um das weiße Bein. Ich liege wie aus Erschöpfung, ich fliege wie aus Heiterkeit. M. seufzt, Informationen fluten das Zimmer und ich höre: 64% der Bevölkerung ist erschöpft, liegt am Boden wie eine Figur, unfähig, sich aufzuschwingen, unfähig aufzusteigen. Aus Heiterkeit aufsteigen in den winterlichen, den hell leuchtenden Abendhimmel.

Wintergemüse

Immer wieder bin ich überrascht, dass R. eine so begeisterte Köchin ist. Dass sie aus Leidenschaft Tag für Tag in ihrer Küche steht und vorgeht wie eine Dirigentin, die sich mit größtem Einsatz in den Orchestergraben stürzt. Sie versorgt uns mit feinsten Speisen, sie jongliert mit Gewürzen und Zutaten, nein, sie dirigiert nicht, sie spielt nicht, sie zaubert. Zum Kochen muss sie alleine sein und sie verweist uns der Küche. Wir hören Schränke schlagen, Schubladen klirren, Töpfe klappern und ich staune über R., die doch sonst eher lautlos durchs Leben geht.

Später wird es meine Aufgabe sein, die Küche wieder in eine brauchbare Ordnung zurückzuführen. Ich rette und putze, ich spüle und sortiere, ich reinige und kehre. Am Abend dann gehe ich durch das erleuchtete Haus und lösche heimlich die Lampen. Ich weiß, das ist nicht erwünscht, hier lebt man ganz und gar im Licht. In der Küche, unter der Küchenlampe liegen die hellen Zitronen neben dunklen Avocados. Aus dem Schatten heraus höre ich ein geflüstertes Lachen.

Ich werde diese Früchte in einem Stillleben wiederfinden, eine Bestandsaufnahme: Früchte, die gepflückt wurden von Menschen, die Pflücker heißen und einen Code haben, Früchte, die gepflückt wurden an lichtdurchfluteten Orten, die Packhaus heißen und mit einer Nummer vermerkt sind. Morgen werde ich die Farben abtönen und grünbraune Avocados neben formvollendeten Zitronen malen.

Weg im Schnee – EPILOG

Fünf geflüsterte Worte machen Lärm, die winterliche Stille ist unendlich. Eine Handvoll gemurmelter Worte, ein Satz, ein Bild und in mir springt etwas an, obwohl ich doch weiß, dass ich am besten bin, wenn ich nicht springe. Auf vereisten Wegen den Bildern die Richtung rauben, die Einstimmigkeit und die Eindeutigkeit. In der Kälte formen sich die Worte wie Liebeskurven, sie gewinnen Höhe, steigen und stürzen. Wie oft habe ich mit klammen Fingern nach Papier und Stift gesucht.

Claudia Conrad von Heydendorff (alias „Nachtlyrik")

Flammendes Herz

Ich hab die Welt erklommen,
So wie man auf einen Gipfel steigt.
Ich hab es mir genommen,
Der Weg war lang und verzweigt.

Ich lief und lief, die Zeit wurde mir knapp.
Jedes Ziel, das ich erreichte –
würdigte mich herab.

Alleine suchte ich nach meinem Leben -
Ich hatte kein Gepäck dabei.
Die Zündschnur half mir überleben,
Ihr Brennen riss die Grenzen ein.

Wer bin ich denn?
Wer darf ich sein?
Warum sperre ich mich ein?
Warum nennt niemand meinen Namen
Ohne tiefes Unbehagen?

Die Fragen liefen immer mit.
Und ich lief immer schneller.
Leider hielten sie auch Schritt
Und mir wurde immer bänger.

Warum ist es eine Schande
Tief zu fühlen?
Warum ist meine Liebe
Wasser auf Euren Mühlen?
Mich mit Verachtung zu
Berühren?

Diese Fragen sind mir jetzt egal,
Denn ich hab die Welt erklommen,
So wie man auf einen Gipfel steigt.
Mein Herz hat es sich genommen
Als Zündstoff für die Ewigkeit!

Heldin

Wie viel Tode sind zu sterben,
Bis mein Herz im Rhythmus schlägt?
Wie viel Tode sind zu sterben,
Bis mein Atem Dich bewegt?

Wie viel Haut braucht eine Narbe,
Die mein Skelett umspannen kann?
Wie viel Faden hängt an meiner Seele,
Der mich noch halten kann?

Wohin baumelt dieser Faden?
Wie viel Hoffnung wohnt im Nichts?
Wohin dehnt sich meine Seele aus?
Wie viel Liebe spüre ich nicht?

Wen muss ich erretten?
Welcher Mensch hat wie viel Wert?
Wen befreie ich aus Ketten?
Welches Herz ist es, das mich ehrt?

Wer spannt mich für seine Zwecke ein?
Wessen Schatten ist mein Licht?
Wer will überhaupt errettet sein?
Der entscheidet über mich!

Unendlich viele Tode sind zu sterben,
Bis mein Herz im Rhythmus schlägt.

Dem bin ich verpflichtet,
Dessen Atem ich beweg!

Das Muster

Ich sing um nicht zu sterben
Ich tanz gegen den Tod
Stille führt ins Verderben
Stillstand in den Tod

Der Tod braucht nicht das Leben
Das Leben braucht den Tod
Das habe ich erfahren
In allertiefster Not

Das Spiel kennt keine Grenzen
Du würfelst mit der Angst
Das Spielfeld sind die Schmerzen
Du tust was es verlangt

Du spielst um zu gewinnen
Ruhig und konzentriert
Die Spieler ziehen kontrolliert
Der Würfel ist verwirrt

So oft Du auch gewinnen magst
Der Würfel auch mal anders fällt
Du keinem Irrtum unterlagst
Das Spielfeld ist der Held

Deswegen singe ich um zu leben
Ich tanze in die Nacht

Worte halten mich am Leben
Das Spiel verliert die Macht

Abschied vom Sollen und Wollen

Ich kenn nur das Sollen.
Das Wollen liegt mir fern.
Ich versuch zwar zu wollen, mit eifrigem Sollen,
doch das Ergebnis liegt auf einem anderen Stern.

Ich versuch es mit Stille, vielleicht
entsteht dann mein Wille.
Stille produziert Schuld und Versagen,
dementsprechend groß ist mein Unbehagen.

Ich versuch es mit Lärm, aber der Wille
wünscht sich auf einen anderen Stern.
Zerstreuung, ja Zerstreuung ist gut.
Gemeinschaft erlaubt mir stets neuen Mut!
Der Abschied rückt näher, es läuft ziemlich gut:
Das Sollen wird kleiner und im Wollen wächst Mut!

Doch dann wieder ein Knall.
Es ist immer das Gleiche: Ich komme zu Fall!
Sollen und Wollen sind wie ein Ball, bei dem die Luft
nicht entweicht - bis zum Platzen gespannt, rollen sie
immer wieder aus meiner Hand.

Tja, was mach ich nun?
Weiter grübeln ohne auszuruhen?
Der Abschied scheint in weiter Ferne.
Sollen und Wollen bleiben so verdammt gerne.

Oh, eine Idee! Vielleicht gar ein Plan!
Ich lade mir neue Gäste ein.
Gelassenheit und Neugier kommt doch herein!

Lasst uns das Sollen und Wollen begleiten.
 Dann können wir sie eines Tages anleiten!
Es klingt fast verwegen.
Es klingt fast frivol.
Aus Abschied wird ein Willkommen.
Ganz ohne Hohn!

Traudel Beickler

Das Haarband

„Sie geht mir echt auf die Nerven. Kaum klettere ich mal in die Bäume, um die Pflaumen zu probieren, schon sieht sie mich an, als wäre ich ein Dieb. Dabei ist das unser Garten." Die beiden kommen aus Berlin, aus dem Westen, und der Mann fährt einen neuen BMW, und zwar ziemlich sportlich. Er hat sich Hanteln mitgebracht, trainiert im Garten, und als er mal im Wald war, habe ich eine angehoben. „Ho," man braucht echt Kraft! Und dann guckt seine Frau aus dem Fenster und sagt: „Die sind aber nicht zum Spielen, Junge." Blöde Tussi! Schleppt den ganzen Tag ihr schreiendes Baby 'rum. Sie hat immer rote Augenlider, als würde sie gleich losheulen, und die hellen Haare sind so dünn wie Spinnweben. Die ersten 2 Tage dachte ich noch: Okay, die bleiben ja nicht ewig. Aber dann, nach 4 Tagen, ha'm die sich gestritten, und sie zog von Mamas Zimmer aus in mein Zimmer und schläft jetzt mit dem Baby ohne ihren Mann. Ich dachte, ich seh' nicht richtig, als ich durchs offene Fenster guckte. Mein Bett zerwühlt, Windeln auf meinem Schreibtisch, Puder, Öl, was weiß ich! Auf dem Boden lag eine Strumpfhose, und am Stuhl hing so ein BH mit lauter Flecken drauf! Ekelhaft!!!
Ich beschließe, eine Runde angeln zu gehen. Als ich zum Wohnmobil komme, um die Angel zu holen, höre ich meine Mutter lachen. Ihr kleines Radio läuft und sie spricht mit

irgendwem, wahrscheinlich einem Mann. Ich kann das hören. Dann hat sie immer eine andere Stimme, als ob sie sich von ihrer besten Seite zeigen wollte. Ich pirsche mich durch den Farn heran und sehe unseren Mieter im Vorzelt des Wohnwagens. Er trägt ein Sporthemd mit Streifen und raucht eine Zigarette. Ich will mich grad schon verdrücken, doch Mama, die davor auf dem Treppchen hockt, hat mich entdeckt. „Da bist du ja! Komm her, mein Rotzbube, sag' guten Tag!" Sie hat noch ihren Bademantel an, und ich stelle mich in den Eingang, verschränke die Arme vor der Brust. Um den Kopf trägt sie das Haarband mit dem blauen Flausch. Mit dem hab' ich als Baby immer in der Wanne gespielt und Badewasser rausgesaugt. Das Haarband ist eine Erinnerung an Papa, hatte sie mir später mal erzählt. Wieso trägt sie es jetzt?

Der Mann sitzt in meinem Campingstuhl. Ein Hosenbein hochgekrempelt, hat er seinen geschwollenen Fuß auf ihre Knie gelegt, und sie massiert ihm eine Salbe ins Gelenk, gelbes Zeug. „Hast du was gegessen?" Zwei Tüten Chips hatte ich mir vorhin im Dorf gekauft, schüttelte aber den Kopf. Ich wollte, dass sie für mich kochte. Der Mann raucht eine von Mamas Zigaretten, ich erkenne den Filter. Seine Arme glänzen ein bisschen, wahrscheinlich vom Sonnenöl, er nickt mir zu und zeigt mit dem Daumen auf das Wohnmobil. „Ein tolles Ding. Wo seid ihr denn damit schon gewesen?" „Nirgendwo. Es ist nur geliehen, von meinem Onkel Willi." Mama grinst. Die Salbe schmatzt leise und quillt zwischen ihren Fingern hervor. Die Nägel waren neu lackiert. Mit dem Handrücken tupft er etwas Salbe von ihrem Knie und sie reißt die Augen auf, öffnete den Mund und schaut ihn herausfordernd an. Aber es wirkt gespielt. „Und jetzt?", sagt sie, und dann lachen beide. Sie dreht sich um und nimmt eine elastische Binde vom Regal. Dabei verrutscht ihr Morgenrock ein bisschen, man sieht schon den Rand der Brustwarze. Sie fängt an, seinen Fuß zu umwickeln. „Hmmh", macht der Mann und legt den Kopf in den Nacken. „Es geht doch nichts über die Hände einer geübten Krankenschwester."

Ich steige auf den Hocker und ziehe meine Angel aus der Halterung unter dem First. „Schade, dass der Urlaub immer so schnell vorbei ist", dabei zwinkert er mir zu. Ich sage nichts und bücke mich nach den Angelruten. Ausgerechnet die neue ist kaputt! Plötzlich laufen mir die Tränen schneller aus den Augen, als ich sie wegwischen kann. Meine Mutter schließt den Verband mit einer Klammer und lächelt mich an. Ich wische mir mit dem ganzen Arm übers Gesicht. Der Mann nimmt den Fuß von ihrem Knie...

Ohne ein Wort drehe mich um und laufe ohne Angel, so schnell ich kann, davon. Hinter mir höre ich noch das Feuerzeug klicken und dass sie etwas sagt zu dem Mann, doch ich kann es nicht mehr verstehen. Ich rutsche die Böschung runter, und spüre, wie starke Wut in mir hochsteigt...

Angela Langkath

Abidjan

Unser Schiff, ein stolzer Frachter, lag an der Elfenbeinküste im Hafen Abidjan auf Reede oder besser gesagt vor Anker. Um an Land zu kommen wurden wir mit kleinen Motorbooten abgeholt, was recht gut und zügig klappte.
Ich stand auf Deck an der Reling und ließ mir eine köstlich zubereitete Avocado, welche ich zuvor auf dem Markt gekauft hatte, schmecken. Es war ein angenehmer Tag. Warm, wie stets, aber auszuhalten, denn es wehte eine leichte Brise. Ich schaute hinunter auf's Wasser. Wenn die Sonnenstrahlen darauf fielen, konnte man oft die unterschiedlichsten Farbtöne wahrnehmen.
So sah es von weitem wunderschön aus, wie blauer Flausch. Fast ein Traum. Kam man jedoch näher heran, so konnte man sehen, dass es sich um an die Oberfläche getriebenen Schmutz handelte. Eine Enttäuschung. Die Sonne macht's.
Das erste Motorboot war da und mit einigen Crew-Mitgliedern begab ich mich zum Einstieg. Da das Wasser im Sog der Strömung ständig in Bewegung war, war das Ganze stets eine wackelige Angelegenheit, so dass man irgendwie jonglieren musste, um ins Boot zu kommen. Aber es gelang schließlich und der Landgang konnte beginnen.

49

Albert Bekowies

Fragmente einer Liebe

Sam saß in ihren blauen, flauschigen Cardigan gehüllt an
dem kleinen Tisch. Sie blickte ziellos aus dem Fenster und
knetete die Hände. Ihre Augen schimmerten feucht, als ich
hereinkam. "Dieter, Liebling. Wir müssen reden."
Dieser Satz ließ nie ein angenehmes Gespräch erwarten,
das wusste ich besser als die meisten. "Was ist los,
Schatz?"
Sie schluckte. "Ich... Dieter, es tut mir so leid. Ich weiß
nicht, wie ich es Dir sagen soll."
Es fiel ihr so schwer es auszusprechen. Ich wusste es; hatte
es schon lange gewusst. Aber jetzt wollte sie es mir beich-

ten und ich ließ sie. "Sam, ich liebe dich. Was auch immer es ist, wir werden es gemeinsam klären."

Meine Frau schluchzte auf: "Liebling, bitte. Ich weiß nicht, ob wir das können. Ich... mein Gott, Dieter, ich habe Dich angelogen." Sie schlug ihre Hände vor das Gesicht.

"Was?", fragte ich mit Mühe. Sam suchte nach Worten und blieb stumm. Ich atmete tief ein. "Sag mir, was passiert ist, Sam. Und warum? Wer?"

"Rolf. Es war Rolf." Sie schniefte und ich reichte ihr ein Taschentuch. "Du warst damals so wahnsinnig wütend. Und ich war so sauer auf Dich... Ich bin in die Bar gegangen. Ich habe etwas getrunken, und er ..."

"Rolf, dein Ex-Rolf?" Ich hob meine Stimme ein wenig an, ein wütender Ton schwang mit.

"Es tut mir so leid!" schluchzte sie.

"War es nur das eine Mal?"

Sam schüttelte nachdrücklich den Kopf: "Nein. Dieter, ich schwöre, ich wollte es nicht. Ich war betrunken und wütend. An das meiste erinnere ich mich nicht einmal. Aber Rolf hat Fotos gemacht, auf denen ich... und..." Sie schluckte schwer. "Er drohte, er würde Dir die Bilder zeigen, wenn ich nicht wieder..."

Ich kannte die Antwort schon, aber ich musste fragen. "Wie lange?"

Sam starrte auf ihre Hände aus Angst vor der Wut in meinen Augen. "Seit ein paar Monaten. Während Du auf der Arbeit warst. Er kam mehrmals in der Woche vorbei und fuchtelte mit diesen schrecklichen Bildern herum. Drohte mir, er würde sie Dir schicken... Und wollte dann..." Sam blickte auf. "Bitte, Dieter, bitte! Ich wollte es nicht tun! Wirklich! Aber ich konnte nicht... Ich darf Dich nicht verlieren! Es tut mir leid!"

Eine Träne rollte meine Wange hinunter. Es tat weh, ihre Beichte zu hören. Und es tat noch mehr weh, sie so zu sehen. In meiner Stimme lag ein scharfer Ton. "Du darfst das nie wieder tun, Sam. Nie wieder. Ich kann Dir dieses eine Mal verzeihen. Aber es tut weh, dass Du mir nichts gesagt hast. Ich werde..." Ich legte meine Hand auf ihre. "Wir werden es gemeinsam in Ordnung bringen. Ich liebe dich, Sam. Ich werde Dich immer lieben. Nur nie wieder, okay?"

Ihr Gesichtsausdruck war unbeschreiblich. Überraschung, Freude, Liebe, Hoffnung vermischten sich in einem Ausdruck. "Du... wirklich, Dieter? Du verzeihst mir?" Ich nickte langsam. Sie stand mühsam von ihrem Stuhl auf und setzte sich schluchzend auf meinen Schoß.

Ich führte meine zerbrechliche, müde Liebe zu dem schmalen Bett und nahm sie in die Arme. Sam weinte Tränen der Trauer und der Erleichterung. Innerhalb weniger Minuten war sie eingeschlafen. Ich küsste ihr sanft auf die Stirn und legte meine bessere Hälfte behutsam hin.

Sams kleines Zimmer war gefüllt mit Erinnerungsstücken. Bilder von den Kindern, von den Enkeln, Hochzeitsfotos und kleiner Schnickschnack säumten Wände und Regale. Ich blickte seufzend auf eine alte Vase am Fenster. Zerbrochen und neu zusammengesetzt, waren die Risse mit Gold gefüllt. Ein kleiner Avocado-Baum füllte die Vase mit Leben.

Als Sam mir erzählte, dass sie fremdgegangen war, da hatte ich diese Vase voller Wut gegen die Wand geworfen. Dann war ich aus dem Haus gestürmt aus Angst sie zu schlagen.

Ich war rasend vor Wut gewesen damals. Hatte mir eingeredet, dass sie freiwillig mitgemacht hatte, es allein ihre Schuld war. Aber der Streit in jener Nacht war völlig sinnlos. Meine Wut - mein alter Dämon - war etwas, mit dem sie schon lange gelebt hatte. Und ich hatte sie schließlich zu weit getrieben. Das weiß ich heute, doch damals konnte, wollte ich es nicht sehen.

Sam konnte sehr wüten, sie stand mir darin in Nichts nach. Wir hatten uns gegenseitig regelmäßig zur Weißglut getrieben. Und uns anschließend wieder versöhnt. Rolf war ihr Ex, gutaussehend und charmant, immer mit einem flotten Spruch auf den Lippen. Er hatte ein unheimliches Gespür dafür, Frauen zu umgarnen und in seinen berauschenden Sog zu reißen. Und in seine Hände war Sam wieder geraten.

Sam rührte sich im Schlaf. Ich strich ihr liebevoll eine silberne Strähne aus dem Gesicht. Dies war kein guter Morgen gewesen. Die besten Tage waren die, an denen sie mich erkannte. Wusste, wo sie war und warum. Die Kinder hatten mir geholfen, sie nach einer Beinahe-Katastrophe hierher zu bringen. Ich hatte ein Nickerchen gemacht und Sam war aus dem Haus gelaufen. Sie war stundenlang verschwunden, bis jemand anrief. Sie hatte an die Tür unserer alten Wohnung gehämmert, getobt und verlangt, hereingelassen zu werden.

Nach Rolf stand unsere Ehe eine Zeit lang auf der Kippe. Ich wusste, dass sie ausgenutzt und erpresst worden war. Ich wusste auch, dass ich ein Arschloch war und dass ich meine Wut unter Kontrolle bringen musste. Ich wusste aber auch, dass wir uns weiter liebten.

Sam und ich haben lange gebraucht, uns wieder zu finden. Es gab Schuldzuweisungen, Angst und Wut. Aber da war auch diese beständige, verletzliche Liebe zueinander. Wir kämpften gemeinsam darum, dieses zarte Pflänzchen zu schützen. Ich war nicht perfekt und sie war es auch nicht, aber wir arbeiteten beide an uns.

Die zerbrochene Vase wanderte in eine Box. Ich dachte, sie sei nicht mehr zu reparieren. Aber Sam konnte es nicht ertragen, sich von ihr zu trennen. Erst Jahre später in einer Kunstausstellung, fiel mir das zerbrochene Ding wieder ein. Es war eine Ausstellung über japanische Kunst. Dort lernten wir "Kintsugi" kennen; eine Kunst, welche zerbrochene Gegenstände mit Edelmetallen ausbessert. Sie repariert und hebt gleichzeitig die Risse und Mängel hervor. Die Philosophie dahinter ist, die Fehler und Unvollkommenheiten als Teil eines Ganzen zu betrachten, als Zeugen der eigenen Geschichte.

An unserem Jahrestag gab ich Sam die reparierte Vase, sie war von Goldnähten durchzogen. Sie nahm meine Hand und flüsterte: "Das sind wir." Ich hatte Tränen in den Augen und zog sie fest an mich. Wir würden nie wieder die sein, die wir früher waren, aber wir konnten ganz sein. Wir konnten wunderschön sein.

Sam hatte vor Jahren mit Freya, unserer Jüngsten, aus einem Avocado-Kern eine Pflanze gezogen. Irgendwann wurde daraus ein richtiger Baum, unser Familien-Baum. Er war wunderbar unsere Avocado, seitdem stand immer ein Ableger in unserer Vase.

Ich blickte Sam an, sie war so friedlich, wenn sie schlief. Ihre Miene war unbekümmert, frei von Anspannung und Sorgen. Sie lebte schon fast ein Jahr in der Einrichtung und ich hatte mit ihr schon so oft diesen Tag neu gelebt.

Das erste Mal zerriss mir das Herz. Es war so schmerzhaft und ich durfte nicht der Partner sein, der ich längst geworden war. Sam erwartete den wütenden, jungen Mann. Und als sie ihn nicht fand, war sie noch verwirrter und wütender. Es war falsch. Ich war falsch.

Beim nächsten Mal versuchte ich, wieder mein altes Ich zu sein. Das war noch schlimmer. Sie regte sich genauso auf wie damals als ich aus dem Haus stürmte. So sehr, dass sie sediert werden musste.

Letztlich war es ein mühsames Jonglieren. Ich musste wütend genug sein, damit Sam mich erkannte. Aber nicht so wütend, dass ich ihr noch mehr weh tat. Ich versuchte, so gut es ging, mit meinen Gefühlen zu jonglieren. So sanft wie möglich und ihr dennoch das Gefühl zu geben, den schlimmsten Tag ihres Lebens neu zu erleben. Ich konnte nicht andeuten, dass wir den Moment schon viele Male durchlebt hatten, denn das hätte Sam ebenfalls aufgeregt.

Es war eine der dunkelsten Zeiten unseres Lebens. Und auch wenn wir sie versehrt überstanden hatten, war es quälend, sie neu zu durchleben. Wieder und wieder. Ich versuchte den Schmerz als einen Segen zu betrachten; er machte es mir leichter, meine Rolle zu spielen. Aber meine verblasste Pein war so viel geringer als ihr unverbrauchtes, ungemindertes

Leid. Und ich tat, was ich konnte, um Sam diese Erinnerung so erträglich wie möglich zu machen.

Die Tage, an denen Sam bei klarem Verstand war, wurden immer seltener. Aber wir hatten immer noch viele gute Tage, an denen sie noch die Sam war, die ich kannte. Die Tage, an denen wir frisch verheiratet waren. Oder die, an denen sie sich an unsere Kinder erinnerte.

Ich liebte sie, diese Frau. Die Frau, die mich zu einem besseren Menschen gemacht hatte. Die mir ihr Leben geschenkt, mich nicht aufgegeben hatte. Hundertmal war ich der wütende Ehemann gewesen. Ich würde noch tausendmal diese Rolle spielen, wenn ich dafür noch ein paar gute Tage mit ihr haben konnte. Wenn ich ihre schlechten Tage weniger quälend machen konnte, bis sie nicht mehr da war.

Sie war noch immer eine wunderschöne Seele, meine Sam. Jeder Moment mit ihr, Wert darum zu kämpfen. Ihre Erinnerungen waren wie Fragmente, die auseinanderfielen. Ich würde das Gold für Sam sein, die Risse auffüllen und versuchen, sie zusammenzuhalten. Wir hatten die Liebe eines ganzen Lebens. Ich würde mich um sie kümmern so lange, wie ich konnte. Wie konnte ich anders?

Michael Ockert

Wehen

für Loie Fuller

Ich bin klein und kräftig
und ich tanze,
ich weiß,
niemand will das sehen,
und ich trete auf die Bühne
und schwenke die Tücher
durch das Licht.

Es ist mein Leben,
meine Leidenschaft
und ich wünsche so sehr,
dass es euch begeistert
wie mich,
dass ihr in den fliegenden Tüchern aufgeht
wie ich,
dass ihr euch in ihnen verirrt
und in ihrem Leuchten verliert.

Ich steige auf darin,
der Flug eines Flatterwesens,
das ihr nicht kennt,
ich brauche keinen blauen Flausch

und auch kein Jonglieren,
ich lasse das Erdverhaftete unter mir
mit meinen festen Beinchen.

Die Gewänder flattern,
ich wirbele darin umher
und werde zu einem fremden Wesen,
erhaben und leicht,
immer in Verwandlung
und niemals gleich,
lila und türkis schillernd,
das Schimmern von Libellenflügeln.

Hier fließen keine Formen,
hier strömt pure Bewegung,
die niemals enden will,
ohne Richtung und Ziel,
das Treiben reinen Tanzes,
der sich mit mir vermählt
und in mir zerfließt
im Schwingen des taumelnden Lichts.

Ihr habt längst meinen Körper vergessen
aus dem dies alles tobt,
seine Unbändigkeit,
die nicht versiegen kann -
folgt mir in das lichterfüllte Wehen,
den Windtaumel,
den meine Schmetterlingsflügel schlagen.

Ihr farbgetränktes Spiel
von Treiben und Loslassen,
steigt in mir auf
in meiner Heimlichkeit,
das Prickeln der Haut
im Sternenfunkeln.

Das Schäumen der Luft
trägt mich fort,
der Flaum ihrer Umrisse
durchschwingt mich,
ich will darin untergehen
und darin auferstehen.

Alexander Singer

Frankfurt

Meine Scheiße, bin ich breit. Komme gerade noch so aus dem Club gekrochen. Brauche dringend frische Luft. "Gib mir mal Feuer", rufe ich rüber zu Kirsten durch den staubigen Nebel im fahlen Lichtviereck, das durch die halb geöffnete schwere Stahltür fällt, raus in die schwarze Nacht des angrenzenden Parks. "Hätten wir nicht den Park um die Ecke, die hätten uns den Laden längst dicht gemacht." Solche Sätze hat der Fette den ganzen Nachmittag von sich gegeben. Kurt heißt der, glaube ich, steckt in einer schwarzen Lacklederhose, die er knapp über'm Sack mit einem schrill orangenen Gürtel zusammenbindet, damit sie nicht rutscht. Bis zur Hüfte, wo sie vielleicht von selbst sitzen würde, kriegt er die Buxe nicht hoch, denn da bläht sich seine Wampe schon zu ausladend. Und dann das Plappermaul über dem blauen Flausch, der ihm vom Gesicht hängt. Na ja, so lila blau – wer färbt sich denn seinen Ziegenbart?

Also, den ganzen Nachmittag stand der da rum, als wir unser Zeug in seinen Schuppen schleppten, Schlagzeug und Monitore aufstellten. Keinen Finger hat der krumm gemacht. Aber gesabbelt, ohne Ende.

Der erste Satz ging ja noch: "Echt geil, dass ihr endlich mal hier spielt." Er sei Fan der ersten Stunde. Da muss man nicht zuhören, um den triefenden schleimenden Unterton tropfen zu hören; das Ego poliert's einem trotzdem auf. Aber wie geil – das Wort kriegt der Horst echt in jedem Satz unter – also wie geile Konzerte die Idles, die Viagra Boys, you name it, gespielt hätten. Also, das sei schon geil gewesen (ich sag's ja, in jedem fucking Satz…).

Kirsten fuchtelt mit der Flamme vor meiner Nase rum, bis sie meine Kippe trifft. Ich zieh kräftig durch, dann versuche ich im Ausatmen, mit ein paar Rauchringen zu jonglieren. "Ey, dieser Kurt ist schon 'n ziemlicher Wichtigtuer." Zustimmung heischend suche ich Kirstens Blick. "Auch nicht anders als die Anderen", kommt ihre Antwort. "Sechsunsechzigperiodesechs Prozent Wörter mit nem A am Anfang", zähle ich mich durch ihren Satz. "Nicht schlecht, Kirsten." Die dreht sich um und stiefelt in den Bunker. "Geht gleich los", ermahnt sie mich noch.

"Return to monke", brabbele ich vor mich hin. Unser Opener tatsächlich von den VBoys. Perfekt, um warm zu werden. Ich stolpere durch die schlecht beleuchteten Katakomben des Clubs. Lidschatten muss ich noch auftragen, den ganz dunklen. Long live Robert Smith! Hat das eigentlich schon mal jemand getextet? Heute Abend muss "A Forest" wieder ins Programm, sage ich mir. Können wir ja als Zugabe machen. Ist okay, wenn es ein wenig länger geht.

Ich stolpere über irgendwas am Boden. Echt dunkel hier. Aber, die Wände wabern ja eh so komisch. Jetzt bloß nicht abstützen. Das kenne ich. Da wabere ich gleich mit. "Chica, mach schon!" Ich kenne die Stimme. "Kirsten?" Irgendwie taucht sie schlangenartig aus dem Schlamassel auf. Ihre

Hand brennt sich in mein Handgelenk wie ein Ring glühender Lava. In stillem Schrei versuche ich mich zu entwinden, sie aber zerrt mich weiter. Ich falle, mehr als dass ich torkele, hinter ihr her. Kirsten flucht.

"Da steht Obst. Nimm dir was!" kommandiert sie, als wir an einer Stehtheke vorbei kommen. Kirstens Tonlage erwartet keine Widerworte. Ich greife mir eine Frucht aus der Schale. Etwas essen muss ich, irgendwas, um wenigstens einen Funken Klarheit in den Schädel zu kriegen. Komisch, echt. Ich kann noch so weggetreten sein und trotzdem blitzen da manchmal bewusst logische Gedanken auf?

Wie weit kann's denn noch sein? Wir sind doch bestimmt schon einmal durch, unter Frankfurt. Ich beiße in die Frucht, die wie durch ein Wunder in meiner Hand liegt. Zäh wie Leder, eklig. Das Stück ist so schnell im Mund, wie ich es wieder ausspucke. "Ey, du Arsch", schimpft Kirsten vor mir und wischt sich was von der Jacke. Plötzlich stoppt unsere Bewegung. Ihr Gesicht steht riesenhaft vor mir. Ihre schönen grünen Augen hat sie meilenweit aufgerissen. Eine Schwade sauren Atems quält mich in der Nase. Kirstens Stimme schnarrt wie von einem Roboter: "Das ist eine Avocado, Schätzchen", surrt es sonor. Das Echo höre ich widerhallen von den Wänden, wabernd und rauschend, als ergieße sich der schmale Gang plötzlich in eine weite Höhle. Tropfsteine hängen von der Decke und unten stehen tausende Stalagmiten, ein Meer von Stalagmiten. Sie wogen und winden sich. Sie machen Lärm, "Hey, hey!" im Rhythmus eines Schlagzeugs. Franzi sitzt da links und drischt auf die Felle ein. Unsere Franzi? Die Stalagmiten schreien und kreischen. Erschrocken reiße ich meine Hände vor die Ohren.

Alles übertönt ein Lautsprecher. "Sie ist da", verkündet er. "Wo denn?", versuche ich Kirsten durch den Krach zu fragen. Sie hört es nicht. Deshalb reicht sie mir das Mikro. "Wo denn?" Ich zucke zusammen vor meiner eigenen Lautstärke. Schlagartig erstirbt der Lärm der tausenden Steinsäulen. Gespannt richten sich alle Augen auf mich. Wie sind die jetzt in die Steine gewachsen? Und wo kommen die ganzen Haare her?

"Ladies and Gentlemen", übernimmt nochmal der Lautsprecher. Weiter kommt er nicht, denn hinter mir setzt eine Band ein. Instinktiv singe ich: "Leave society, be a monkey ..."

Christine Cepok

in der Daumen beuge

in der Daumenbeuge zärtlich das Kinn acht Finger vor
Wangen Augen und Stirn deine Gedankenflut schnellt
gegen meinen verschlossenen Mund
ein Vakuum entsteht wie damals
als ich der Narretei verfiel
sie überlebt bis in diesen Augenblick
ohne sie wäre ich haltlos dem vorzeitigen Verfall
ausgeliefert wie eine geschälte Avocado, die den Abend
nicht erlebt ohne Haut und Schatten die Insel verraten
heraus getreten aus den Gärten liegen wir auf den
Kanapees die das Sein bedeuten Kulinarisches fern wie
Romeo und Julia alles mündet immer dort wo die Liebe
ein Versteck gewählt lass uns Verstecken spielen und wir
finden uns in dem kleinen Feuer des Zündholzes im Regal
lagern sie zu Hunderten für unser Feuerwerk ist der
Morgen angebrochen und noch immer liegt in meiner
Daumenbeuge dein Gesicht

Das Paradies

das Paradies von Menschen umzingelt barfuß, nackt, hilflos
mit Augen, weiter als Firmament und Orkus

damals
als der Sonnenaufgang sein Lied sang
im Zenit die Hitze flutete über Marmor und Ikonen
als die Abendröte Geschichten von Heimweh erfand

damals,
als die Nächte Haut und Seide befleckte
Engel unsere Mäntel webten
als die Kinder Braut und Bräutigam spielten

und wir einen Vertrag in der Weste verbargen
redeten wir abendelang vom paradiesischen Land

Birgitta Osswald

Der Junge, der geschoben werden musste

Es war am letzten heißen Donnerstag im Juli dieses Jahres. Ich musste an der Haltestelle Hauptbahnhof umsteigen, weil die Straba Nr. 5 ihr plötzliches Fahrtende ankündigte. Also aussteigen und schauen, wann die nächste fährt. Denn ich war sowieso schon zu spät dran, aber eine beschwichtigende Stimme in mir sagte:
„Reg' dich nicht auf, das ist jetzt eben mal so."
Also begab ich mich zu den überdachten Warteplätzen, um mich auf eine der beiden Bänke zu setzen. Auf einer davon saß bereits eine ca. 40-jährige Frau, vor sich im Rollstuhl ihren Sohn im Teenager-Alter. Er sah aus wie ein normaler Junge seiner Altersgruppe, auch von der Kleidung und der Frisur her. Ich schaute in sein Gesicht und versuchte, ihn anzulächeln, aber er schien es nicht zu bemerken. Ich setzte mich neben die Mama, die gerade ihre Handy-Daten abcheckte, ob irgendwelche Nachrichten eingegangen waren.
Ich fühlte mich plötzliche innerlich unruhig und verspürte das dringende Bedürfnis, etwas Nettes zu sagen oder zu tun. Aber was? Man kann ja schlecht fragen:
„Kann es sein, dass der Junge von seiner Umwelt gar nichts mitbekommt?".
Das geht natürlich nicht in so einer Situation. Da fiel mir das Döschen mit den Kaugummi-Dragees ein, das ich immer bei

mir in der Tasche habe. Ich nahm es heraus, hielt es hoch und sagte:

„Entschuldigung, darf ich Ihrem Sohn ein Kaugummi anbieten?"

Die Frau blickte auf, sah mich an und lächelte überrascht.

„Nein, leider nicht", sagte sie mit einem leichten osteuropäischen Akzent.

„Er denkt, das ist Bonbon, und schluckt es ganz hinunter."

„Oh", sagte ich nur. „Das tut mir leid."

Auwei. Habe ich mich vielleicht gerade lächerlich gemacht?

„Nicht schlimm", sagte die Frau weiter.

„Es ist nett von Ihnen, dass Sie gefragt haben." Und sie lächelte nochmals.

Ich lächele zurück. Und da kommt auch schon meine Bahn. Und ich fühle mich jetzt auch viel besser als vorher.

Andreas Haller

Der Beckenbauer und Stopfi

Vor ein paar Jahren hat es einmal in aller Herrgottsfrühe Sturm geklingelt. Ich lag noch im Bett und dachte an einen üblen Scherz. Doch das Gebimmel nahm kein Ende. Also bin ich zur Tür. Es war der Stopfi, der meinte, er könne jetzt nicht nach Hause, ich solle ihn nur einmal anschauen. Und in der Tat, er sah sehr verlottert aus und eine ordentliche Fahne hatte er auch gehabt. Was soll man machen, er ist mein Freund, also bat ich ihn rein.
„Was ist denn los?", fragte ich.
Doch er winkte ab und meinte, er müsse erst mal schiffen. Ich nutzte die Zeit, um Kaffee aufzusetzen.
„Das ist gut", meinte Stopfi, als ihm der Kaffeeduft in die Nase stieg. Ihm brumme ordentlich der Schädel, ob ich eine Aspirin für ihn hätte. Ich hatte und er spülte die Tablette mit einem kräftigen Schluck herunter.
„An allem ist nur der Beckenbauer schuld", schimpfte er.
Ich runzelte die Stirn. „Der Beckenbauer? Wie das?"

„Ganz einfach", erzählte Stopfi, „als ich gestern Abend in meine Stammkneipe gekommen bin, saß er da an der Theke, im Ernst, kein Scheiß jetzt."
„Servus, wie geht's", rief der Beckenbauer, nickte ihm kurz zu und widmete sich gleich darauf wieder seinem Bier.

Stopfi dachte sich nichts weiter dabei, er hatte ihn ohnehin nicht sofort erkannt und hielt Ausschau nach Bluna, mit der er verabredet war. Also nicht diese Orangenbrause, sondern die Dame, so versicherte er, hieße wirklich so und dafür könne ja niemand etwas. Außer ihre Eltern vielleicht. Als aber Bluna nach einer Stunde noch immer nicht gekommen war, gesellte sich Stopfi zu dem Typ an der Theke, der außer ihm der einzige ohne Begleitung war und aussah, als könne er Unterhaltung vertragen.

Der Typ nahm einen kräftigen Schluck aus seinem Glas und schaute den Stopfi an.

„Griaß God, i bin da Beckenbauer, da Kaiser, du kennst mi eh, oda?", stellte er sich vor.

Der Kerl hat eindeutig zu viel Bier im Tank, dachte Stopfi bei sich.

„Einen Kaiser gibt es bei uns schon lange nicht mehr. Nicht mal einen König", konterte er.

Weil er den Beckenbauer aber mochte, hub er zu einer Anekdote an.

„Einmal war hier einer", erzählte er dem Beckenbauer, „der meinte, er sei König von einem Volk in Afrika. Den Namen des Volks habe ich mir nicht merken können und dem Burschen ohnehin kein Wort geglaubt. Dachte, das sei so ein schräger Vogel. Anders die Tina, mit der ich damals da gewesen bin, die war schwer beeindruckt, ein echter König und so. Und was soll ich sagen", sagte Stopfi und klopfte dem Beckenbauer freundschaftlich auf die Schultern, „die Geschichte war wahr, kannste glauben oder nicht."

Jedenfalls hatte der Beckenbauer schon einiges intus, so der Stopfi, und ziemlich wirres Zeugs gelabert. Bis er irgendwann eine Plastiktüte in die Luft hielt, randvoll mit Avocados.

„I muaß jetzt amoi ham wegen dem Gmias do“, sagte er.

„Was machste denn damit?“, fragte Stopfi.

Der Beckenbauer schüttelte ungläubig den Kopf.

„Guacamole, was sonst. Es ist doch Jahrestag heute, woaßt du des ned?“

Der Stopfi zuckte mit den Schultern und bestellte noch zwei Bier. Eins für sich und eins für den Beckenbauer.

„Joa mei, vom WM-Halbfinale 1970 in Mexiko, woaßt des ned? Da wo mia rausgflogn san gegn die Italiener.“

So alt sei er ja noch gar nicht, gab Stopfi zu bedenken, woher solle er das also wissen?

„Es ist mir ohnehin Jacke wie Hose“, sagte er, „ich mache mir nichts aus Fußball, wo zweiundzwanzig erwachsene Männer und neuerdings sogar die Frauen einem einzigen Ball hinterherrennen. Das ist doch albern.“

Der Beckenbauer schaute ein wenig pikiert, das legte sich aber, nachdem sie noch ein paar Bier gepichelt hatten. Schließlich stand der Beckenbauer auf, er müsse jetzt wirklich nach Hause. Er ging einfach nach draußen - besser besagt, er torkelte, weil gerade halten konnte er sich kaum noch.

So kam es, dass Stopfi die gesamte Zeche berappen musste und wegen des ganzen Mists natürlich ziemlich aufgebracht gewesen war.

„Kannste dir ja denken", meinte er.

Als er ebenfalls ging, hing da noch die Tüte mit den Avocados am Barhocker. Die schnappte er sich. Weil, er wollte ja seine Kohle wieder haben, ansonsten blieb ihm wenigstens noch das Gemüse.

Am Ende der Straße sah Stopfi den Beckenbauer in den Stadtpark einbiegen und er ihm hinterher, obwohl das für ihn ein Riesenumweg war. Im Park nahm das Schicksal seinen Lauf. Obwohl, alles sei ihm nicht mehr erinnerlich, wie er einräumte. Jedenfalls, als er den Stadtpark betrat, stand da der Beckenbauer, umringt von einer Horde junger Leute, die auf ihn einredete. Scheinbar wollten sie ein Autogramm und als der Beckenbauer sich weigerte, übergossen sie ihn mit Bier und rannten davon.

Aber es kam noch schlimmer. Stopfi half dem Beckenbauer, sich auf die nächste Parkbank zu setzen. Da er aber merkte, dass er sich entleeren musste, stellte er sich an eine Eiche. Da kam ein Wind auf, „ja man könne sagen, ein Orkan", so Stopfi, und die Hälfte des Geschäfts ging auf die eigene Hose, was ziemlich widerlich gewesen sei. Und grad als wäre das noch nicht genug, fiel so ein blaues, flauschiges Dingens vom Himmel, ihm direkt auf den Schädel.

„Doing" hatte es gemacht, dopste fünf, sechs Mal vor ihm hin und her und es gelang ihm nicht, es einzufangen. Es schien ihm, als würde das Ding Katz und Maus mit ihm spielen und erst nach einiger Zeit erwischte er es doch und hielt es nun ganz fest.

„Wie ein Minifußball mit Pelz sah das aus", sagte er.

Deshalb war er sich sicher, dass der Beckenbauer seine Finger im Spiel hatte und ihm einen Streich spielen wollte. Er blickte zur Parkbank, doch der Beckenbauer war weg. Es war jetzt auch eh alles egal und Stopfi hatte keine Lust mehr, weiterzugehen. Also legte er sich rücklings auf die Parkbank, auf der eben noch der Beckenbauer gesessen hatte, nahm das blaue, flauschige Dingens in die Arme und pennte sofort ein.

Zwei Polizisten weckten ihn schließlich unsanft. Er sei ja sturzbesoffen und würde stinken wie ein Bock.

„Die haben mir eine Anzeige wegen Erregung öffentlichen Ärgernisses aufgedrückt, echt jetzt", schimpfte Stopfi.

Um den Polizisten zu beweisen, dass er stocknüchtern war, nahm er drei Avocados aus der Tüte und versuchte, damit zu jonglieren. Es ist aber viel schwerer, mit Avocados zu jonglieren als mit Bällen. Deshalb nahm das Unglück seinen Lauf und eine der Avocados traf den einen Polizisten volle Lotte am Kopf.

„Der fand das gar nicht lustig, kannste dir denken", sagte Stopfi und ergänzte, dass er nun mit einer weiteren Anzeige rechnen müsse.

„Widerstand gegen die Staatsgewalt, stell dir das vor! Ausgerechnet ich!", rief Stopfi entrüstet. „Das ist doch albern. Und alles nur wegen dem Beckenbauer!"

Wie zum Beweis zog er ein blaues, flauschiges Stofftier aus seiner Jackentasche und hielt es mir wie eine Trophäe hin.

Naja, streng genommen war es nur der Kopf, der stark an ein Krümelmonster erinnerte und offenbar gewaltsam vom Rumpf getrennt worden war.

Keine Ahnung, wer der Typ war, den Stopfi in der Kneipe getroffen hatte. Der Beckenbauer war es höchstwahrscheinlich nicht, denn der soll zur fraglichen Zeit bei einer UEFA-Tagung gewesen sein. Auch wenn Stopfi bis heute Stein und Bein schwört, dass es der echte Kaiser gewesen war. Und noch immer frage ich mich, wie er in jener Nacht zu den Avocados und zu dem Plüschtierkopf kam.
Der Stopfi selbst fällt als Zeuge in der Angelegenheit leider aus ...

Brigitte Iffland

Herzenslied

Ich will lernen -
Will lernen mit Dir.
DU lehrst mich
was ICH lernen will.

        Warum ist das so neu für mich?
        Warum? Warum?

Du singst mir vor.
Ich singe dir nach.
Singe nach,
was DU mir vorgesungen.

        Warum ist das ein Wunder?
        Warum? Warum?

Ich will lauschen -
will lauschen dem Lied
Ja, es klingt so schön -
nur kann ich's nicht versteh'n.

        Warum will ich verstehen?
        Warum? Warum?

Ich weiß warum.
will's nimmer dir sagen.
Die Wahrheit ist
ja lange schon erzählt.

     Warum ist sie jetzt neu für mich?
     Warum? Warum?

Ich will singen
will singen das Lied
das Lied
das in meinem Herzen klingt

     Frag nicht, warum ich singe.
     Frag nicht, frag nicht!

Moritz Mayer

Zoe

Liegt die Macht einer Geschichte nicht darin,
dass sie so erfunden klingt,
dass niemand an ihren wahren Kern glaubt?
So wie diese: Irgendwo in der Kurpfalz,
irgendwann Mitte der 2010er Jahre

Sorgfältig wie nie zuvor bügele ich ihr letztes Kleid. Sie zeigt eine Landschaft in der Provence. Lavendelstängel verschwinden unter dem Bügeleisen und tauchen frisch geglättet wieder auf. Als hinge an ihnen morgendlicher Tau. Mechanisch streiche ich hin und her, obwohl die letzte Falte seit Minuten verschwunden war. Ich will es perfekt machen. Die südfranzösische Landschaft soll lebendig wirken und die Lavendelblüten ihren zauberhaften Duft konservieren – für jenen Tag, für den sie bestimmt waren. Das Bügeleisen zischt ein letztes Mal, bevor alles Wasser verdampft war. Ich stelle es in seine vorgesehene Halterung und bücke mich, damit ich ihm den Stecker zieh – damit ich es vom Stromkreislauf trennen kann. Ich nehme das Kleid und hänge es auf einen Kleiderbügel, sodass sie perfekt aufliegt. Als würde sie nachher damit durch die Champs-Élysées flanieren. Aber ein Aufkleber auf dem Kleiderbügel zieht mich augenblicklich in die Realität zurück: „Das ist Eigentum des Hospiz Jonas".

Auch wenn das auf jedem losen Gegenstand hier steht, schreckt es mich immer wieder hoch. So alltäglich und wohnlich es hier auch aussieht, ist es ein alles andere als gewöhnlicher Ort. Und so kann ich mich, anders als Zoe, nicht an diesen Ort gewöhnen. Und die Chance, dies irgendwann besser zu können, gibt es nicht. Denn was ich dafür bräuchte, wäre Zeit. Und wenn es eins hier nicht gibt, dann ist es Zeit.

Sie wird nur aufgewertet. Lebensbejahender gemacht. Damit Sterben leichter falle, sagte mir der Leiter der Einrichtung, als Zoe mit einem Krankentransport hier vor ein paar Tagen ankam. Wie das zusammenpassen soll, erschließt sich mir nicht.

Ich öffne den Eichenschank, der zur Standardausstattung eines 60er-Jahre-Zimmers gehörte, und hänge das Kleid hinein. Bis auf drei viel zu weite Wollpullover und einen dunkelblauen flauschigen Bademantel ist er leer.

Das Etikett am Kragen ist ausgefranst. Der Markenname längst verwaschen. Aber ich erkenne die darauf ergänzte Handschrift: Zoe Hörig steht darauf. Ich hole den Bademantel aus dem Schrank und hebe ihn mit einer Armlänge Abstand umgekehrt vor mich hin. Und sehe, was Zoe versucht hatte, auszulöschen. Unter ihrem Vornamen steht noch ein anderer: Adam.

Als hätte mich jemand ertappt, hänge ich ihn blitzschnell zurück, schließe den Schrank mit einem lauten Knarzen und drehe mich Richtung Wohnzimmertüre. Beim Öffnen kommt mir ein Orangen-Rosmarin-Duft entgegen. Er umgibt das ganze Zimmer. Er soll beruhigend auf Zoe wirken, meinen die Pflegekräfte. Ganz sicher bin ich mir da nicht. Holt der Duft doch alte Erinnerungen hoch. Von unserem ersten und jetzt mit Sicherheit auch letzten gemeinsamen Urlaub. In der Provence. Von dem niemand aus Zoes Familie wissen durfte.

Und so verhielten wir uns tagsüber unauffällig. Unternahmen das, was Zoe körperlich noch konnte: Sie las französische Tageszeitungen, während ich meinen morgendlichen Espresso trank, und nachmittags schaute sie mir zu, wie ich mit Einheimischen Boule spielte. Aber die Nächte gehörten uns. Dann saß ich auf der kleinen Holzveranda unseres kleinen Bungalows und wartete auf Zoes Verwandlung.

Elegant geschminkt trat Zoe in ihrem meerblauen Kleid in die südfranzösische Julinacht. Sie küsste mich auf die Wange. „Du siehst wundervoll aus, meine Liebe", gab ich dankend zurück.

Sie zwinkerte mir zu, ging zurück in die Küche und holte das Abendessen raus, das sie vor ihrer Verwandlung vorbereitet haben musste: Aufgeschnittene Orangen, Avocados und Wassermelonen, daneben in Olivenöl und Knoblauch geröstetes Baguette. Sachen, die trotz der Medikamente Zoe noch schmeckten. Und so saßen wir in den wenigen Sommernächten gemeinsam auf der Veranda und der Duft der französischen Rosmarinsträucher mischte sich mit den Orangen auf unseren Tellern.

Zoe liegt in ihrem Bett, sanft hebt sich ihr Brustkorb. Sie bemerkt mich erst, als ich mich zu ihr auf's Bett setze. Langsam öffnet sie ihre Augen. Sie sehen müde aus. Da ich weiß, wie selten wir noch so Momente haben werden, ringe ich mir ein Lächeln ab. „Ich habe dein Kleid mit der Provence-Landschaft gebügelt, meine Liebe." Weil sie mich beharrlich weiter anschaut, ergänze ich: „Es sieht wundervoll aus und ich verspreche dir, es hat keine einzige Falte." Kaum sichtbar nickt sie mir zu. Dankbarkeit bricht kurz durch ihren erschöpften Blick.

Ich küsse sie auf die Stirn und ihre Augen fallen zu. Ich schaue sie kurz so an, lege dann meinen Kopf auf ihre flache Brust ab und lasse den Orangen-Rosmarin-Duft mit den gemeinsamen Erinnerungen tief in mich hineinströmen.

Er scheint doch zu wirken, denn plötzlich schrecke ich hoch. Geweckt von Zoes Unruhe. Ihr Puls schätze ich auf jenseits der 130. Ihre Augen aufgerissen. Panisch folge ich ihrem Blick. Am Fenster stehen das EKG-Gerät und eine Sauerstoffflasche. Aber das EKG piepste seit der Entlassung aus dem Krankenhaus nicht mehr und reiner Sauerstoff aus Flaschen strömt seit zwei Tagen nicht mehr durch ihre Lungen.

Erst denke ich, dass sie doch Luft braucht, aber dann deute ich ihren Blick richtig. Er ist auf einen kleinen Tisch daneben gerichtet, genauer gesagt auf einen Briefumschlag darauf. Ihr letzter Wille.

Als sie noch sprechen konnte, sagte sie mir mehrmals täglich, dass ihr alles egal sei, was aus ihr wird, nur diesen einen Wunsch solle ich ihr durchsetzen, gegen jeden Widerstand – auch gegen den ihrer Familie.

Ich schaue ihr tief in die Augen: „Zoe, ich verspreche es! Beruhige dich! .... Du darfst jetzt gehen!" sage ich fast mehr zu mir selbst, um mir Mut für das zuzusprechen, was auf mich noch zukommen wird.

Ihre Aufregung legt sich und wenig schließt sie ihre Augen. Minuten später ist sie eingeschlafen, aber ich spüre, dass diesmal etwas anders ist. Sie ist weiter weg als sonst. Sie hat sich auf den Weg gemacht.

Als eine Pflegerin reinkommt, falle ich ihr weinend in die Arme. Fragend schaut sie mich an. „Noch nicht", antworte ich. „Aber fast." Sie ruft einen Arzt, der mir aber auch nichts sagt, außer dass ich nicht mehr heimgehen brauche.

Die Pflegerin füllt nochmal das Duftfläschchen mit Orange und Rosmarin. Aber an der geringen Menge erkenne ich, dass die Dosis nicht für die Nacht reichen wird. Und so warte ich, Sekunden werden zu Minuten, werden zu Stunden. Stunden, auf denen Zoe immer seltener atmet, sich kaum mehr bewegt und sich immer weiter von mir und dieser Welt entfernt.

Um kurz nach 19 Uhr hat sie es geschafft. Meine Tränen kennen jetzt kein Ende mehr. Ich raffe mich auf, um Zoes Brief einzustecken. Danach sitze ich einfach nur da – neben Zoes leblosem Körper: Sekunden, Minuten, Stunden.

Pflegekräfte kommen und sprechen mir ihr Beileid aus. Eine kippt das Fenster, ein anderer zündet eine Kerze an. Der Arzt von vorhin schreibt irgendetwas auf und überreicht mir dann ein Papier mit einem Bundesadler darauf. „Sterbeurkunde von Adam Hörig" titelt das Dokument.

Gegen Mitternacht komme ich daheim an. Ich öffne Zoes Kleiderschank und muss mich fast übergeben, als ich ihre gebügelten, weißen, dunkelblauen und schwarzen Hemden sehe. Aus einer Zeit, in der Zoe noch Aktenkoffer, Krawatte und den Namen Adam trug.

Auf der Suche nach etwas Sinnvollem setzte ich mich am nächsten Tag an Zoes Trauerrede, aber spätestens nach drei Sätzen ist die Schrift von meinen Tränen so zerflossen, dass ich nichts mehr entziffern kann.

Und so mache ich mich auf ins Hospiz und frage nach ihrem Kleid. Eine Pflegerin übergibt es mir. Es ist kraftvoll, wunderschön, voller Erinnerungen an unseren Provence-Urlaub. Sie nimmt mich in den Arm. Mit gebrochener Stimme danke ich ihr. Denn hier, in den letzten sechs Tagen im Hospiz, konnte Zoe so sehr sie selbst sein wie nie zuvor.

Mit dem Kleid mache ich mich auf zum Bestatter. Er ist verdutzt, weiß nicht, was er damit anfangen soll. Schließlich stehe auf dem Totenschein ein männlicher Name, Zoes Kinder wollten, dass Sie einen Anzug trage und dann will er mir noch etwas davon erzählen, dass Zoe einen Penis habe. Da fällt mir ihr Brief wieder ein. Ich hole ihn aus meiner Jacke, öffne ihn und zeige ihm dem Bestatter. „Es ist ihr letzter Wille. Ich bitte Sie." Mehr kann ich nicht mehr sagen. Er zuckt zwar mit den Schultern, nimmt mir das Kleid aber ab.

Tage später kämpfe ich meinen letzten Kampf für Zoe. Zwei Stunden vor der Beerdigung stehe ich allein an ihrem offenen Sarg. Und tatsächlich, sie trägt es. Ihr Kleid. Es scheint, als hülle mich das Kleid in einen Lavendel-Duft. Doch dann sehe ich in ihren gefalteten Händen ein Strauß. Voller frischer Lavendelblüten. Bestellt hatte ich ihn nicht.

Und außer mir hatte nur der Bestatter Zugang zum Sarg. In Gedanken schicke ich an ihn ein leises Danke.

Die Beerdigung selbst ist schlicht. Es regnet. Bis auf die Trauerrednerin, drei Pflegekräfte aus dem Hospiz, vier städtischen Sargträgern und mir hat es niemand auf den Friedhof geschafft. Ihre Familie hat sich geweigert auf die Beerdigung einer Zoe Hörig zu gehen. Zoe, den Namen hat sie sich selbst gegeben, als sie merkte, dass sie sich als Frau fühlt.

Zoe: das ist Altgriechisch und bedeutet „ewiges Leben". Und gegen alle Widerstände hat es ihr Name, hat es Zoe auf das Holzkreuz geschafft, neben dem ihr Sarg in die feuchte Erde gelassen wird.

Fast schien es, verschwände Zoe Hörigs Geschichte für immer unter der feuchten Erde. Eine Geschichte, ein Leben, das geprägt war von einem Versteckspiel vor sich selbst. Bis zuletzt.

Aus Angst vor Ausgrenzung, Verlust und Einsamkeit.

Wie man an der Reaktion der eigenen Familie sehen konnte, waren es berechtigte Ängste.

Erst im Hospiz, erst als der Tod unausweichlich war, entschied sie sich, dass es nicht mehr mal eine Zoe und mal ein Adam gab, sondern nur noch eine Zoe.

Adam musste sechs Tage früher sterben, damit Zoe ewig leben kann.

Biografische Angaben

Regine Beeg Hauri

Ich bin seit 2022 im Literarischen Quadrat und habe bisher kurze, experimentelle Texte geschrieben und vorgelesen, die sich durch die Aufmerksamkeit der Gruppe zu „meinen Themen" entwickeln haben.
Vieles am Schreiben ist der Zeichnung ähnlich: ein Gedanke, ein Gefühl, ein Schriftbild, ein Punkt, eine Bewegung. Augen und Ohren, die sich für mich öffnen. Das Schreiben und das Literarische Quadrat wurde in stürmischen Zeiten ein Zuhause für mich. Lesen und Vorlesen, Hören und Zuhören, Stärke und Zerbrechlichkeit spüren.

Traudel Beickler

Sie schreibt seit ihrer Kindheit Tagebuch. Schreiben war und blieb Nahrung, um mit tieferen Schichten ihres Wesens in Kontakt zu kommen und zu bleiben. Während einer Krebserkrankung verdichtete sich diese Erfahrung in „Überlebenszeichen", die sie der Biolog. Krebsabwehr HD zur Verfügung stellte.
Seit 2015 ist sie Mitglied im Literarischen Quadrat in Mannheim. Seitdem hat diese „beseelte Kraft" im Schreiben ein erweitertes Spielfeld für Stilrichtungen und sprachlichen Ausdruck gefunden.
2019 entstand der Gedichtband mit Malerei „Auf mondhellem Pfad". Zur Zeit schreibt sie Gedichte, Kurzprosa und Kindheitserinnerungen.

Valentina Brenner

Wenn Valentina Brenner nicht gerade schreibt oder liest, dann ist sie unterwegs: Mit ihrer Familie erlebt sie gerne leise oder laute, helle oder dunkle, süße oder herzhafte Abenteuer in Deutschland und Europa. Für die tägliche Balance wählt sie ausgedehnte Spa-

ziergänge oder Radtouren, gute Möglichkeiten, Gedanken fließen
und innere Bilder entstehen zu lassen.

Christine Cepok

ich versuche ein Zeichnen der Realität
mit einer Sprachlosigkeit in den Bildern
Vergeblichkeit
aussichtsloser Kampf Ratlosigkeit irrational

ich möchte die Welt erfassen
einfangen
die mir wie ein Rausch erscheint
meine Sinne bewegt
meine Seele nie mehr an einem Ort verweilen lässt

Andreas Haller

Die meiste Zeit seines Lebens hat Andreas Haller (59) in seiner
Heimatstadt Mannheim verbracht, einige Jahre aber auch in
Bochum im Herzen des Ruhrgebiets, seiner zweiten Heimat.
Schon immer war er neugierig und auf der Suche nach Geheimnis-
sen, Rätseln und Verborgenem. Dem Fußball ist er schon lange
verfallen. Über all das schreibt er in Reisebüchern, Kurzgeschich-
ten und Erzählungen.

Claudia Conrad von Heydendorff (alias „Nachtlyrik)

Seit dem Jahr 2021 hat Claudia Conrad von Heydendorff (*1979)
wieder begonnen, zu schreiben. Lange Jahre war ihr Talent aus
Jugendtagen unter den Wirren des Alltags verschüttet gewesen.
In den letzten drei Jahren sind über 50 Gedichte entstanden, in
denen sie sich vor allem feministischen und gesellschaftskriti-
schen Themen widmet. Dabei taucht sie immer wieder in die
Abgründe des einsamen menschlichen Ichs und sein Verlorensein
in der Welt ein. Ihre Texte zeichnen sich durch eine kraftvolle
Ausdrucksweise aus, die sich oft der Form klassischer Reimsche-

mata bedient. Ihre Lyrik erscheint regelmäßig auf Instagram unter dem Pseudonym „nachtlyrik" und auf ihrer Homepage www.nachtlyrik.de

Brigitte Iffland

Sie ist jetzt 72. Seit fast 50 Jahren begleitet sie das Schreiben und ist ihr eine Hilfe, eine Unterstützung, eine Freude. Viele, viele Texte liegen in Ordnern, einige sind Teil ihres Denkens und Nachdenkens, einige möglicherweise in der Erinnerung anderer Menschen. Ihr Buch „Ich lebe. Ich bin" erschien im Göttert Verlag, ihr Gedichtband „ganz geglückt" im Eigendruck. Der Literaturkreis begleitet sie seit vielen Jahren. Dafür ist sie dankbar und wünscht sich, dass ihr und unser Schreiben weiter wächst und unsere gefährdete Gesellschaft mitgestaltet.

Angela Langkath

Geboren 1943 in Timmendorfer Strand,
aufgewachsen in Kiel.
Zwei erwachsene Kinder.
Seit 1989 in Mannheim lebend,
schreibt seit der Schulzeit Lyrik und Prosa.
Hat mit ihrem Mann viele Länder bereist.
Vertreten in Anthologien und Zeitschriften,
drei eigene Bücher.

Moritz Mayer

Im Kunstviertel von San Francisco saßen wir am einzigen Tisch mit Fenstern. Sonst war das Lokal leer. Wir aßen von einer gemeinsamen Platte, unterhielten uns, lachten - sorgenbefreit. Als wir fertig waren, kam der Kellner und dankte uns. Ich sah mich um: Sein Restaurant war voll. Alle wollten das, was "die am Fenster haben". Er blickte mich an und sagte: "Du musst auf die Bühne. Du bist ein wahrer Chit-chatter." Ein Plauderer, ein Unterhalter, wie ich später herausfand. Auf die Bühne drängt es mich nicht, aber meine Geschichten treibt es seitdem raus. Geschichten, mal so drüber, dass sie erfunden wirken, obwohl pure Wahrheit aus ihnen spricht. Geschichten, mal so real und nahbar, obwohl sie gehirnt geschaffen worden sind.

Michael Ockert

Sozialisiert zwischen Linguistik-Transkripten und Terminal-Tastaturen, spürt Michael Ockert Vorstellungen nach, die durch Menschen und Sprache erschaffen werden. Sie liegen vor uns wie ein aufgeschlagenes Buch und werden doch nicht verstanden. Vielleicht müssen sich nur die Worte anders anordnen.
Er hat mehrere Gedicht- und Prosabände veröffentlicht.

Birgitta Osswald

Sie lebt seit Ende 1999 in ihrer Wahlheimatstadt Mannheim, zunächst in einem Wohnheim für psychisch Erkrankte. Nach ihrem Umzug in eine Zweizimmer-Mietwohnung hat sie achteinhalb Jahre in einer Reha-Werkstatt gearbeitet.
Seitdem hat sie viel Zeit für ihre Hobbys: Lesen, Schreiben, Einkaufen, Pop-Musik Hören und manchmal auch Singen.

Alexander Singer

Zum Schreiben legt sich Alex am liebsten in eine Hängematte, hat die Sonne im Rücken und gute Musik auf den Ohren. Ob sich die Alltagserlebnisse und Hirngespinste beim Schaukeln in Erzählungen schütteln? An Herbsttagen, so wie heute, tut es aber auch ein roter Sessel.

Renate Sinn

Nach dem Zweiten Weltkrieg hatten wir auch kein Kinderbuch mehr, so dass ich erst hin und wieder, dann fast täglich meiner

jüngsten Schwester vor dem Einschlafen erfundene Geschichten
erzählte. Jahre später versuchte ich, diese Geschichten aufzu-
schreiben, und entdeckte dabei eine große Lust am Schreiben, die
bis heute anhält.

Rosvita Spodeck-Walter

Geboren in Berlin, 40 Lehr- und Wanderjahre zwischen Heidelberg
und Mannheim und einem 12-jährigen Zwischenspiel in einem
oberschwäbischen Dorf. Veröffentlichungen in Lyrik und Prosa
seit 1998 u. a. „Verschenk-Kalender", Edition Treves, Trier. „Lyrik
zu zweit" mit dem Musiker Thomas Klein.
Mitglied in GEDOK Mannheim-Ludwigshafen, Räuber '77, Literarisches Zentrum Rhein-Neckar e. V., Das Literarische Quadrat der
Abendakademie Mannheim.